Cuentos de
AMOR Y MAGIA

MUJERES QUE QUIEREN SER

Nelly Sardy la Musa

DEDICATORIA

Dedico este libro a mis congéneres que a veces se sienten perdidas en este planeta machista.

Espero que cada uno de los cuentos sea un aporte a sus valiosas vidas, que remuevan su conciencia y les den alas para atreverse a usar el poder de iluminar el mundo.

Con cariño ,

Nelly Sardy la Musa

Nelly Sardy La Musa

Nace en Valparaíso, CHILE. Es Ingeniera Agrónoma, M.Sc. Tempranamente, se da cuenta de la potencia de su alma de artista y comienza una "doble vida": docente universitaria de día, y actriz de teatro en la noche. Asesora en la redacción de numerosísimas tesis de grado y desde hace ocho años forma parte del mundo de los guionistas con el cineasta-documentalista Dante di Rosa.

Postula que escribe cuentos por osmosis, porque sus grandes amig@s habitan el universo literario donde se unen historiador@s, escritor@s, dramaturg@s, periodistas y poetas.

Enlaces de Contacto con Nelly Sardy la Musa

nellysardylamusa@gmail.com

wsp +56958582603

www.nellysardylamusa.cl

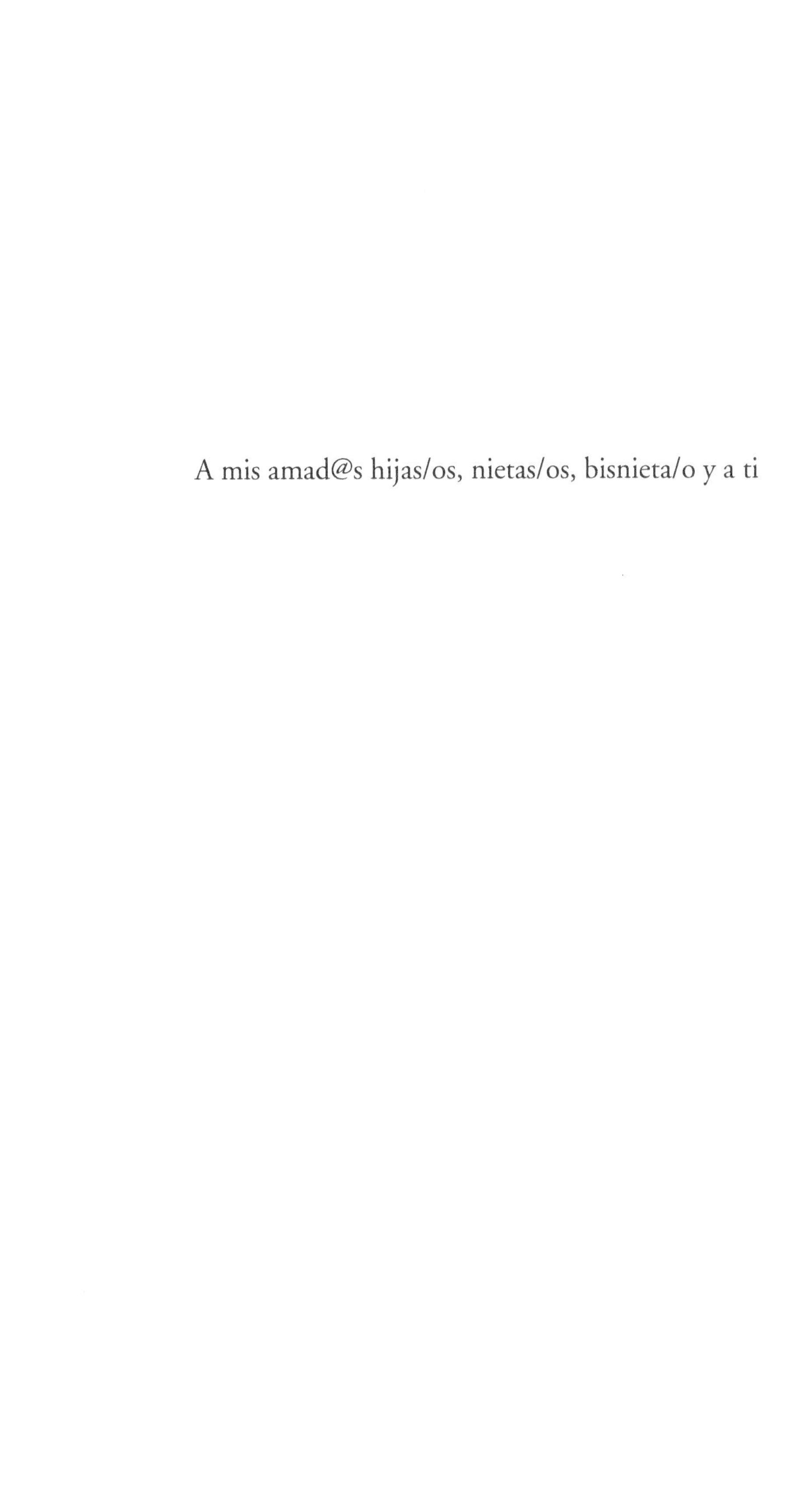

A mis amad@s hijas/os, nietas/os, bisnieta/o y a ti

Índice

"Hay tres cosas que cada persona
debería hacer durante su vida:
plantar un árbol, tener un hijo,
y escribir un libro." José Martí

LA ROCA-MEDUSA

Era la hora del atardecer; el sol hundiéndose en el mar parecía una bola de fuego que lo irradiaba todo y las rocas del acantilado semejaban un gran incendio. Eso llamó la atención de una transparente y bella medusa que merodeaba por ahí.

—¿Cómo te sientes amiga roca? —le gritó. La roca sintió que se sonrojaba aún más y no contestó.

La medusa prosiguió:

—Me imagino que te sientes firme, tienes todo bastante seguro y claro en tu mundo estable. Yo no, estoy acostumbrada a ir de acá para allá en el mar, en que todo circula y cambia, con la paradoja de una gran inseguridad que cubro con seguridad.

—De puro patuda que es —refunfuñó Actinia —que prefiere andar para todos lados encaramada en un Paguro, en busca de alimento.

—Nooo —intervino la roca —ella tiene su aguijón con el que pica al que la mire medio feo.

—De tanto atreverse se atreve, no sabe nadar, pero nada como flotando y se mueve igual —siguió defendiendo la roca.

La medusa iba a agradecer, pero tuvo que salir arrancando de las tortugas, peces y aves que la querían meter en la cadena alimenticia; se dio vueltas y vueltas nadando hasta que logró acercarse a la firme roca.

—Dicen las malas lenguas que yo te convertí en roca, pero no lo creas —le parloteó.

La adusta roca se entretiene con esta medusa chinchosa que anda correteando sobre las pocitas, lo que registra como que le hace cosquillas, sensación que no había experimentado, le llama la atención y le sigue el juego. En este devaneo van aprendiendo a comunicarse por telepatía.

—Yo lo veo así, pero también se puede ver así; no se me había ocurrido pensar acullá, es divertido si hacemos esto al revés, se ve todo patas para arriba.

Y de pronto la roca adquiere un suave brillo jade, parecido al color de la medusa, todo se empieza a transformar, logra su propia iluminación interior, una comprensión real-irreal, quién puede adivinarlo, ya no quiere nunca más vivir sin la medusa. Pero la medusa socializa con el mundo, le gusta columpiarse en los tentáculos de los pulpos admirando la facilidad con que abren cualquier molusco con sus manos de ventosas; cotorrear con sus casi parientes corales, anémonas y plumas de mar; degustar algún kril o larvita de pez que le saben tan sabrosas.

¡Sí! La medusa había aprendido muy bien el desapego; olvidado el susto con que llegó, le tiró un beso y emprendió rumbo al mar.

La roca quedó desconsolada renegando de su estática condición.

—Estoy presa de mí misma, —masculló.

En un sublime acto de amor dolido decidió cambiar. Con todo el poder interno de roca convocó al frío polar y su cuerpo quedó helado como un páramo. Cuando ya creía que estaba muerta y empezaba a caer en el desvarío de no ser, un ardiente rayo de sol de Oriente irrumpió al amanecer y se produjo el gran proceso de intemperización; la roca sintió una orgía de orgasmos recorriéndola entera. Rió, lloró, cantó, balbuceó y gritó al mismo instante que un clic de cristal lacerado se escuchó y su cuerpo se craqueló desde lo profundo hasta lo superficial como se trizan los huesitos de los ancianos. La medusa que andaba coqueteando con los paguros sintió el estruendo y vino corriendo asustada. Al verla, le dijo riendo "pareces un rompecabezas" y encantada se escondió en las rendijas, ahora llenas de agua.

Nadó por dentro y por fuera jugando con el ir y venir de las olas, produciendo en la roca una lujuriosa pasión, un loco frenesí que la puso laxa como el cartílago de un infante.

Desmadejada casi a desmayarse, pero extasiada de amor suplicó a la medusa que no la dejara. Salió la luna y con ella acudió la marea baja.

La roca quedó expuesta al fuerte viento de la montaña, que más parecía venido de Saturno. Como ráfagas de metralleta sentía el azote del huracán cargado de gruesas partículas de arena. Llegó a pensar que era un castigo de los dioses por haber deseado cambiar. El horror se mezclaba con el arrobamiento de sentir a la medusa que se deslizaba en sus entrañas. Así pasaron seis horas de embeleso aterrador hasta que en el clímax de la tormenta, la roca estalló como fuego artificial. La medusa enrollada como un chanchito de tierra se aferró con sus tentáculos a uno de los trozos de roca que salió disparado; juntos volaron a través del infinito ingrávido, se sintieron informes en un vacío por un tiempo imprecisable y eterno o segundos, nunca lo supieron, hasta que cayeron en un remanso de agua dulce mientras se juraban amor eterno.

Tejiendo en cuarentena

Ella conoció esos cerros del Puerto, mientras subía y bajaba escaleras en el útero de su madre.

—En los hospitales cambian las guaguas —dijo la futura mamá.

Por eso lanzó su vagido en una casona de paredes altas donde la esperaba una matrona gordiflona que mantenía la higiene con un lavatorio de agua hirviendo y unas toallas calientes. Su madre ni chistó en el parto.

—Es una beba —anunció la matrona.

La madre la arrulló desde el primer instante y le cantó, *Las estrellas del cielo…*

La beba supo que la vida era maravillosa y lo confirmó cuando salió al exterior, y el viento de Playa Ancha con ese delicioso olor a mar azotó su carita y entró a borbotones por su nariz y garganta dejándola sin aliento.

Parece que voy a volar desde los brazos de mamá, pensó, y concluyó que la vida además era un entretenido juego.

Así llegó a este mundo "Estrellita". Ella nunca dejó de ser niña-mujer, nadie lo hubiera creído, pues se las arreglaba para jugar con mucha pulcritud el rol de adulta.

Cuando alguien la timaba, ella pensaba: "Bah, es su problema, yo jamás dejaré de creer en la gente. Nunca lograré transformar en una piedra mi corazón".

Seguro que no, ella solo sabía convertir su corazón en un pañuelo para despedir o llorar, o en sonrisas para saludar o amar, o en alegrías para compartir.

Un infortunado día Estrellita escuchó:

—En un lugar lejano se comieron un murciélago enfermo… se creó un virus muy mortífero… se distribuirá por todo el planeta; tiene una corona, se llama Covid 19 y será pandemia en todo el mundo.

Estrellita conjeturó:

—Qué extraño, ¿como lo sabrán, si recién apareció?

¡Y fue verdad! Ante los incrédulos ojos de Estrellita vino el caos. La televisión mostraba las calles vacías en las principales ciudades capitales y estadísticas de contagiados en el mundo. Un día decretaron cuarentena total en su comuna.

Estrellita en su departamento cumplía con todo lo que pedían las autoridades: se lavaba las manos con mucho jabón, abría las ventanas todas las mañanas , lavaba la comida con sal y bicarbonato y escuchaba los boletines con las estadísticas: etapa 2… etapa 3… etapa 4. Llegó un momento en que la pantalla de la televisión se convirtió en horror, ya que mostraba docenas de muertos en camiones frigoríficos, filas de gente peleándose un pollo, ollas comunes repartiendo comida, gente durmiendo en los aeropuertos, mucho dolor y miedo. Estrellita pensó, "si sigo viendo o escuchando noticias, voy a enloquecer".

—Arriba el ánimo, —se dijo, y decidió tejer algo bonito. Como no tenía lana, tuvo la ocurrencia de usar hebras de fantasía, rebusco y encontró.

—Afortunadamente tengo dos palillos —dijo. Tejeré en dos colores y varios tonos, pensó.

Y justo encontró lo que imaginó:

Para los abanicos verdes eligió hebras del reino de los seres mágicos que cohabitan su entorno. Para el fondo eligió fibras color violeta, el color de la transmutación. Mis anhelos sociales, siguió hablando sola.

Así empezó a elegir ensueños para tejer:

Vuelta 1: color violeta oscuro[1] transmuta la avaricia en generosidad y justicia, que permitan terminar con la explotación del trabajador #todos los puntos al derecho.

Vuelta 2: color violeta oscuro[2] transmuta el resentimiento en perdón y comprensión #todos los puntos al revés.

Vuelta 3: color violeta oscuro[1+2] permite recuperar los valores de solidaridad, ayuda y apoyo mutuo #2 puntos al derecho, *agregar color verde agua de los pensamientos que llenan el aire, y mientras más transparentes son más positivos # poner la hebra delante del tejido, 7 puntos al derecho color violeta oscuro[1] # la hebra verde agua atrás del tejido, 2 puntos al derecho violeta oscuro[2]

Vuelta 4: color violeta claro transmuta la violencia en respeto, paz, unidad, amor, #2 puntos al revés, *hebra color verde aire de las hadas que tocan suaves tintineos que solo percibe el que sabe escuchar, #pasar por atrás del tejido, 2 puntos al revés violeta oscuro[1].

Vuelta 5 color violeta mediano transmuta el paradigma del sufrimiento para que las personas entiendan que nacieron para ser felices # 2 puntos al derecho, * hebras color verde brote son los duendes que cuidan las plantas y mantienen el hogar protegido de malas ondas #pasar por delante del tejido, 2 puntos al derecho violeta oscuro[1+2].

Estrellita repitió muchas veces desde la vuelta 1 hasta que logró un tejido de más o menos un metro por cincuenta centímetros del ancho que le entró en los palillos. Con crochet tejió un borde con hebras color sinfonía de ensueño, para que todos estos deseos se fueran haciendo realidad.

La cuarentena terminó en el mundo. Sonaron campanas y lanzaron fuegos artificiales. Estrellita corrió a abrir su puerta y ¡oh, sorpresa! el tejido de hebras de ensueño fue con ella, voló por los aires y se puso en el dintel. Estrellita llegó donde sus familiares con una gran sonrisa, montada en su tejido. Justo encontró al hijo del italiano, su vecino preferido.

—Hola —le dijo, con un brillo especial en sus ojos.

—Te invito a dar una vuelta en mi alfombra mágica para que conozcas el mundo que yo anhelo.

LOS GHETOS VERTICALES

Daniel estudiaba en la universidad y vivía con sus padres, tenía su polola y el sueño de un lindo hogar y una familia. Pasó el tiempo, hizo su práctica, pagada, en un estudio jurídico de abogados, lo que le sirvió para juntar algo de dinero y poder pedir un crédito hipotecario. No demasiado alto, para poder pagarlo sin apremios, pensó.

Entonces buscó un departamento con buena ubicación y "no tan caro" anhelo imposible con la "burbuja inmobiliaria" que hay, pero algo encontró en la Estación Central. Fue de los primeros en llegar a vivir allí con su flamante esposa. Instalado el nido de amor, la felicidad fue completa; hermosa vista en altura , a la hora del atardecer los arreboles casi entraban por la ventana y el romanticismo invadía el lugar. Todo un lujo, gran piscina casi exclusiva, para ellos casi solos. Insuperable, lindo departamento, largos pasillos desocupados, hasta con terraza que sirvió para hacer el asado de inauguración y pago de piso con las amistades y compañeros de trabajo, que terminó a la mañana siguiente con todos durmiendo donde podían, hasta en la ducha del baño.

Poco tiempo después empezaron a surgir otras torres por los lados, por el frente y por detrás. Comenzó el caos: música que se entrecruza con peleas a gritos; los bailes, la radio con las noticias de todos los vecinos, el llanto de bebés y el gemido de los perros. En los largos pasillos decenas de personas apiñadas, allegados del que arrienda a los primeros dueños; el tubo del alcantarillado se tapa, la basura se acumula y el sueño de Daniel se trueca en un terrible desengaño.

Una mañana, como de costumbre, llamó el ascensor al piso veinte para ir rápido a su trabajo. Y paso de largo… y de nuevo… y de nuevo... La cuarta vez paró. Daniel presionó hacia adentro y se metió como pudo, aunque sus pies nunca sintieron el piso; el calor asfixiaba y la falta de aire también. En cada parada subía más gente. Daniel veía las caras desfiguradas y chorreantes. Al llegar al primer piso, la puerta se abrió y Daniel cayó desmayado. A nadie pareció importarle y todos pasaron raudos por encima suyo.

Despertó con el sonido de la sirena de la ambulancia que venía a buscarlo; la cabeza le daba vueltas, pero reaccionó y pudo levantarse de un salto, antes de que los enfermeros tuvieran tiempo de ponerlo en la camilla. Salió corriendo, trastabillando bajó las escaleras de entrada del edificio, corrió al terminal de buses y entró al baño. Entregó una sonrisa tímida a las señoras del baño de mujeres. Entró en la puerta del lado, el olor inconfundible del baño de hombres. Mojó su cara, se peinó, sacudió la chaqueta con la mano y salió recompuesto y muy erguido con la actitud de abogado.

Sentado en su escritorio prepara una demanda a la inmobiliaria porque en los guetos verticales de Estación Central tienen solo dos ascensores en uso en una torre de treinta y cinco pisos; pide cambio del plan regulador, normar a no más de quince pisos, obligaciones de antejardines entre otras, más cinco millones por daños sicológicos y morales.

La Corte no escuchó y Daniel aún está en el memorial de villa Francia subido a un asiento de cemento, su señora con la preciosa bebé en brazos, le lleva la merienda, mientras él hace arengas como en el Barrio Latino de París.

La justicia no existe… no nos moverán…

EL LEGADO CHINCHORRO

Clarisa es una ciudadana del mundo. Por su padre, destacado diplomático, ella vivió en diferentes países de América y Europa. En la adolescencia, él le estimuló el sueño de conocer la historia humana, regalándole libros de Historia, Arqueología, Historia de América, y premios Nobel de Literatura.

Su madre hacía obras sociales visitando enfermos mentales en el hospital psiquiátrico que estaba muy cerca de donde vivían. La niña salía asustada al antejardín, porque casi siempre pasaban frente a su casa carrozas fúnebres tiradas por cuatro caballos negros, recubiertos con una malla y crespones del mismo color sobre las tusas y guiadas por un conductor vestido de luto con guantes blancos y sombrero de copa. Miraba hacia otro lado porque le provocaba temor, pero no le contaba a nadie.

Clarisa puede ir a estudiar antropología y arqueología a cualquier país porque domina casi todos los idiomas, pero elige Inglaterra. El destino la llama. Ahí conoce a Ethan, compañero de curso, un dulce canadiense introvertido y con una gran sonrisa. Él quiere descubrir todos los secretos de la profundidad de la tierra y ella lo admira profundamente. Clarisa se pregunta:

"¿Solo lo admiro?". No, lo adoro desde siempre.

Él, en su timidez pasa por distintos estados de ánimo que Clarisa aprende a intuir, no a preguntar, porque sabe que a la vida de ese ser tiene que entrar de puntillas, pisando tan suavecito para no quebrar nada, para no irrumpir en nada... eso piensa.

Así, la mirada dulce de Ethan le evoca playas sin límites y atardeceres rosados, y su risa la asocia con una fiesta de duendes en el valle, relajados, amables, cantarines. Él le contagia tanta paz; cuando lo nota triste siente ganas de transformarle las penas en elixir de miel.

Ella sí se atreve a borrar con besos su entrecejo fruncido, porque era producto del mar de "proyectos" que lo esperan cada día y le llueven encima como un temporal.

La vida de estudiante con él es muy entretenida, solo se ve perturbada por la muerte de un tío muy querido que asesinan tirándolo a un pozo. Ella solo escucha, no dice nada, pero sufre terrores nocturnos de pesadillas macabras.

Luego que reciben su diploma de arqueólogos, Ethan pregunta:

—¿Te animas a casarte conmigo?

—Creí que nunca lo ibas a decir —responde ella.

Viajan a Perú por asuntos de trabajo y se casan en una fiesta muy surrealista que realizan en la Gran Caverna llamada también Templo de la Luna. Es un lugar donde también hay varias animitas que han puesto deudos de accidentados. Clarisa les tiene pánico, da una gran vuelta para no pasar por ese lugar. Y no dice nada.

Ella toma un Magister en Estudios Amazónicos, y él estudia Espeleología para explorar cavidades subterráneas y/o cavernas en el río Marañón. Todo es un sueño de vida; llevan cuatro años recorriendo la selva, muy felices y planifican tener hijos.

Se presenta la posibilidad de ir a Cuba a explorar unas cavernas subacuáticas. Clarisa lo acompaña y se queda esperando arriba; están felices porque a Ethan le gusta el trabajo de buzo y el lugar es hermoso. La caverna es muy larga, llena de laberintos; al tratar de volver los buzos no logran ubicarse porque no llevaban cuerda de guía. Se acaba el oxígeno y Ethan pierde instantáneamente la vida. Clarisa sufre un shock de pánico cuando rescataron el cuerpo. No puede respirar, siente un fuerte dolor al pecho y al abdomen, sufre mareo y náuseas y ni siquiera puede llorar. No asiste al funeral y en su intimidad desarrolla un duelo patológico por su miedo a la muerte. Sigue viviendo como si estuviera su marido. Le habla, lo ve, lo siente. No le cuenta a nadie porque sabe que la creerán loca.

Se dedica a dar clases en la universidad sobre las primeras culturas americanas.

Un día un colega llega inesperadamente a su casa y la sorprende con la mesa servida con velas y la foto del marido. Ella le dice que están de aniversario, pero el amigo se da cuenta de que está enajenada.

Hace unas consultas y la invita a una comunidad de jíbaros que hacen sesiones de Ayahuasca. El chamán le da la planta maestra y comienza el ritual. Clarisa siente que su cuerpo está en un exprimidor. Vomita hasta el alma, llora mientras hay un sonido de fondo y un canto del chamán que induce su experiencia, se queda dormida, y en sueños logra abrir la puerta al mundo espiritual.

Es una experiencia introspectiva alucinógena que impulsa a Clarisa a ver visiones muy fuertes de los chinchorros; se transporta a la época en que ellos viven, 7000 años A.C. En una playa conoce a Chinda, joven de dieciocho años que ya es una machi. Chinda enseña a Clarisa el efecto de la luna en las mareas y los peces. Se adentran en el mar a sembrar mariscos para que esté buena la cosecha en el pilcán. En la celebración del solsticio de verano, su amiga Chinda y sus vecinos traen a muchas momias de fetos y niños a la fiesta. Bailan y cantan. Cuando Clarisa despierta el canto es el mismo del chamán.

Clarisa decide investigar y va al museo de Arica, lee los libros del investigador Arriaza sobre los Chinchorros. Se entera de que el agua con arsénico producía gran mortalidad en nonatos. En otra sesión de Ayahuasca, entra en trance sin malestares. Ve a los chinchorros saliendo a pescar, un accidente de la balsa pesquera, llegan muchos muertos, el pueblo llora y hacen sus ceremonias de confección de momias artificiales. Clarisa en el sueño se desmaya y escucha la voz de Ethan, quien la convence de que mire las momias. Y logra encontrarlas hermosas.

Llega a su casa y asume que su marido murió. Para demostrar su mejoría va al cementerio. Clarisa dice que dio varias vueltas por fuera del cementerio sin atreverse a entrar pensando en que la muerte era solo un cambio de vehículo. Ethan le dijo que mirara las momias; las encontró hermosas, entró al cementerio y fue al mausoleo de su amado. Se decidió, solicitó una exhumación y cremación, porque su corazón interpretó así el mensaje de su amiga Chinda.

Recordó que en su adolescencia, mirando un aromo florido en una noche de luna llena conoció a Dios.

"Debajo de un aromo puse las cenizas de mi amado y logré la armonía con el más allá. Lo tenía cerca, hasta podía ver que me cerraba un ojo entre los pompones amarillos, yo le devolvía una sonrisa de complicidad, nadie me tildaría de loca ni perturbada, todo gracias al legado de los chinchorros."

LOCURA DE AMOR

Emily tenía una nube por hogar, era incapaz de entender la realidad. Convertía los lugares olvidados en plazas de circo, saludaba cada nuevo brote de los árboles en primavera, despedía las hojas en otoño, reía e imitaba el baile de las gotas de lluvia en invierno y cantaba con las mandarinas en verano, época en que también veía cómo florecían lirios del valle en el asfalto.

Pero no se sentía realizada. Emily soñaba con el amor. Tenía amores platónicos en cada negocio donde hubiera algún pantalón.

Estaba empezando a caer en un problema existencial, porque no se sabía comunicar con la gente, menos con el sexo opuesto cuando sus pupilas, con un inexplicable magnetismo, titilaron al unísono con el encuentro con otras pupilas que venían avanzando por el corredor de la cafetería.

Emily pensó, "es mi hombre". A él le pasó lo mismo, se acercó y le dijo:

—Eres una diosa de alabastro.

Emily lo imaginó "bajándose de su corcel alado" cuando él le besó tiernamente la mano. Sintió que la música de las esferas tocaba una sinfonía para ellos y vio el traje de novia.

—Juguemos a hoy —dijo él.

Emily que ya lo amaba contestó:

—No hay problema, hay flores que nacen para vivir un día y son bellísimas; el amor es lo mismo, te amaré cada hoy, mi tesoro.

Para ella era como un dios caído del Olimpo, lo miraba con los ojos del amor. No sabía nada de él, solo que era maravilloso, se inyectó su alma.

Él dijo:

—Nuestros encuentros son un regalo del universo que llegará a veces.

Ella, sin entender mucho, le dijo:

—Eres tan conmovedoramente inesperado, mi tesoro.

El movió la cabeza casi imperceptiblemente. Ella dio gracias al cielo de haberlo encontrado.

Emily quería ser su Reina de Saba. Desde que leyó el libro de Serrano había soñado vivir un amor así excepcional, de resonancias casi cósmicas, convertirlo con magia sexual en un ser estelar y con grandilocuencia le explicó:

—Es la meta más alta a la que puede aspirar el hombre; es un salto evolutivo —expresó en un tono muy concluyente.

Él, muerto de la risa la levantó en vilo, la metió en un jacuzzi y a carcajadas le dijo:

—Muérdeme un coco, y le hizo el amor hasta que ella lloró de éxtasis. Entre orgasmos se acordó de sus estudios de magia sexual y susurró:

—Concentrémonos en Dionisio para robarnos el magnetismo de la cordillera.

Él la abrazó dulcemente.

—Eres como una adolescente para amar, yo te enseñaré.

Cada encuentro era un volcán de pasión. Él la dominaba, a ella le encantaban todas las fantasías que a él se le antojaban. Le regaló juguetes que ella nunca había visto; trajo frutas y verduras apropiadas, aceites, chocolates, y estimulantes sexuales de todo tipo, de modo que Emily se volvió adicta al amor. Se obsesionó a tal punto que desde la mañana a la noche pensaba en él y sufría su ausencia.

Él, como lo había anticipado, llegaba a veces. Después de un tiempo pasaban más días antes que volviera y cada vez ella lloraba más.

Un día vitrineando en el centro, lo divisó con su mujer y tres pequeños. Emily vio todo rojo, lo odió. Él no la vio.

Llego el día del encuentro. Preparó el ambiente, música de Alejandro Santamaría, se vistió de rojo, labios pintados muy rojos, mesa con velas, aperitivo Martini seco. Lo recibió dulce, sonriente, feliz.

—Esta preciosa, mi amor —y le dio una palmadita en el trasero.

Media luz, traguito, cena romántica, sexo, más sexo, más sexo y otra vez y otra vez y otra más, y otra más.

Lo rasguña y muerde con arrebato.

—Entrégame tus higos de Abisinia, que son míos —exige ella.

—Te volviste loca, mujer.

—Porque eres mío, mío, mío, mío, ¿verdad?

—Sí, sssí, mi amor, tartamudea— y empieza a vestirse nervioso, para escapar lo más rápido posible.

Emily sonriente lo mira irse y masculla, "ya volverás y serás mi eterno regalo solo para mí". Había puesto un calzón colaless de encaje rojo en el bolsillo de la chaqueta del amado.

Emily quedó con el corazón en la boca cuando su tesoro se fue. Nerviosa por lo que había hecho, le dolía el estómago.

Al día siguiente iría a verse el tarot para saber qué hacer. La recibió una anciana de piel tan fina que más parecía tela de cebolla y con unos parches de papel de cigarrillo en las sienes que Emily pensó serían para captar mejor el futuro.

La miró y le dijo:

—Tú tienes problemas de amor, chiquilla.

Emily pensó *es clarividente como me habían dicho* y le contestó con un movimiento de cabeza y una tímida sonrisa.

La hizo sentarse frente a ella, barajó las cartas y le dijo corta tres montones y me pasas uno. Puso las cartas en círculos y con cara no muy alegre comentó:

—Ah, tienes una terrible rival. Esta—dijo mostrando una mujer de espada. —Mira acá está tu hombre, muy desconcertado; se fue asustado, parece. Hay que hacer algo.

—Pásame su foto y el dinerillo que tengas y empiezo a atraerlo. Porque eso quieres, ¿no?

—Sí señora, contestó Emily, abriendo su cartera y entregando lo solicitado.

—Toma, sigue este procedimiento durante siete noches seguidas; el hechizo que está anotado no falla. —Vuelve la próxima semana con una prenda de él y hago un amarre, vale mucho más eso sí.

Emily se fue un poco más tranquila, pero no del todo; compró un diario para ver el horóscopo. Decía "Nubes negras en el firmamento". Ay, que terrible, pensó mirando el cielo. Desde pequeña le había gustado leer libros de brujería, nunca pudo conseguir alas de murciélagos, raíz de mandrágora y menos uña de la gran bestia, así es que memorizó solo hechizos de magia blanca. Se apuró para llegar a su casa, escribió el nombre Hugo Henri, su tesoro, en un cigarrillo, lo encendió, espolvoreó un poco de sal y se lo fumó pensando *que venga que venga.*

En la noche realizó el hechizo: en una vela puso las iniciales HH y NN porque no sabía el nombre de la esposa, la encendió con un fósforo y se concentró en el momento en que él se iba de la casa, siguiendo a la letra el papel. Dibujó tres eslabones de cadena, chorreo esperma de la vela y la apagó. Esto lo repitió cada noche, la séptima noche se concentró en "que Hugo y su mujer se separen, se separen, se separen se separen y nadie los pueda juntar" y quemo el papel mientras se consumía la vela como decían las instrucciones.

Sería la casualidad o el hechizo, no se sabe, justo ese día la esposa metió la mano en el bolsillo de la chaqueta de Hugo para llevarla a la tintorería y encontró el colaless rojo. Como ya tenía sus sospechas, ni un minuto se demoró en tirárselos por la cabeza y ponerlo en la calle con lo puesto.

Hugo se fue a un hotel, miró su celular, pero no tenía llamadas. Como ya había terminado el hechizo para separar, Emily puso en práctica el consejo de su colega Ainhoa: muy avanzada la noche se concentró en Hugo, cuando estaba a punto de llegar al orgasmo lo llamó, él le dijo:

—Mi amor estaba pensando en ti.

Ella sonrío, y dijo sin preámbulos.

—Yo también y quiero que me toques.

Él voló en su auto y se renovó el amor.

Sus colegas amigas, ingenieros comerciales, que trabajaban en una transnacional, le advirtieron: te va a hacer lo mismo que a su esposa.

Yo puedo ayudarte, le dijo su amiga quechua, Asiri, pero tienes que estar segura de que lo quieres para toda la vida, porque este hombre no te dejará jamás. Emily le aseguró, no quería perderlo. Entonces, en un pañuelo muy fino recoge semen y lo entierras en un macetero. Su pene solo encontrará felicidad contigo. Su amiga boliviana, Ilu le preguntó lo mismo y le insistió, porque el hechizo que te puedo enseñar crea un lazo mucho más fuerte, le dijo.

Emily entusiasmadísima aseguró que lo quería para siempre. Tú lo pediste, dijo Ilu. Con luna nueva mezcla un poquito de saliva, semen y sangre, pon una pequeña gotita en una copa de cristal y repite como mantra "que HH me ame de día y de noche", agrega un licor y que él lo tome.

Emily hizo todo con gran pulcritud para tener un resultado seguro. Y así pudo vivir tranquila. Hugo la mimaba, le hacía regalos, la entretenía, también la celaba y la cuidaba; al principio le encantó, pero esto de vivir juntos empezó a ahogarla. Ella empezó a mirar Tinder en busca de algún italiano.

Cuando cumplieron seis meses, él le dijo que la amaba tanto que jamás podría vivir ni un instante sin ella. Ay, mi tesoro no será para tanto dijo ella, acariciándolo. Siguió pasando el tiempo y llegaron las vacaciones. Emily le dijo:

—Mi tesoro, cuando no estábamos juntos, con Ainhoa, Ilu y Asiris compramos pasajes para ir de vacaciones a Italia. No te importa, ¿verdad, mi tesoro? agregó zalamera, son solo dos semanas. Nos vamos pasado mañana miércoles. Hugo no respondió. Ella pensó el que calla, otorga. Compró maletas livianas, fue a la peluquería para un nuevo *look* y preparó sus valijas. Se juntarían en el aeropuerto. El vuelo es a las 12:00 y hay que estar tres horas antes.

Miércoles a las 10:00 suena el teléfono, Hugo responde: Emily salió temprano, estará por llegar.

—Emily no llegó —avisan las amigas a las 11:30

—Qué extraño —dice Hugo. —Ya averiguaré. Buen viaje.

- 35 -

Amor en Japón

Atardecer en Tokio. Sentados en una mesa de un bar están Takeshi, un pintor atractivo y varonil, con su amigo Kazuo, ingeniero de su misma edad, Amaya y Hana, jóvenes mujeres modelos. Se escucha un tango. Hay música en vivo, toca la orquesta típica de Tokio y canta tango la cantante Ramko Fujisawa. Traen grandes copas cáliz de espumante cerveza, ríen, brindan y celebran.

Hana extiende su pie y lo pone en la pierna de Takeshi, mientras conversa animada con su novio Kazuo que le acaricia tiernamente la mano.

Pasan horas tomando y cantando. Cuando Ramko canta su magistral tango, *No te perdono más*, las dos mujeres hacen una coreografía porque los hombres no quieren bailar. Kazuo se entusiasma con *Pasional* y baila lo más arrabalero posible con su novia Hana. Cuando empiezan los acordes de *Todo a media luz*, Hana se pone un sombrero rojo para jugar a cambiar pareja y baila con el pintor hasta que cierra el local.

Kazuo deja a su novia en la puerta de su casa, se despiden con un beso, sube a su auto y parte.

Cuando el auto dobla la esquina, Hana toma un taxi, va a la casa de Takeshi, entra corriendo, lo besa y tienen sexo con pasión.

Suena el timbre y llega Hamaya trayendo una pizza. Besa a Takeshi. Hana, desde su asiento en el living ve la escena y le da mucha rabia. No dice nada, pero imagina a Hamaya con la cara desfigurada y le da un ataque de risa.

Todos comen pizza, toman whisky y Hana se queda dormida en el sillón.

Hamaya está encumbrando un volantín en un parque y Hana con un sobretodo negro de cuero saca un revólver y la mata. Hana despierta gritando con el ruido del disparo. Va a la cama donde está dormida Hamaya junto a Takeshi, se acuesta al otro lado, besa a Takeshi, le susurra al oído cuánto lo ama y se acomoda abrazada a su cintura. Hana despierta más temprano, besa a Takeshi que sigue dormido y se va a su casa.

A medio día Takeshi retoca una pintura en su taller, mientras Hamaya se acerca coqueta y lo acaricia, él sigue el juego y sigue pintando. Suena el timbre, entra Hana, trae una pizza familiar, saluda con un gran beso a Takeshi. Hamaya se pone muy celosa, pero no dice nada, solo imagina a Hana con el rostro deformado y le da ataque de risa.

Todos felices comen pizza.

Siguen trabajando, ambas modelos posan para un cuadro plástico erótico.

Takeshi es un pintor loco y creativo que mezcla naves espaciales, astronautas vestidos de frac con antifaz, mujeres flotando desnudas con símbolos sexuales de todo tipo.

Ya tarde se van a acostar. Takeshi, al medio de la cama, silba, mientras a cada lado las chicas simulan leer. Takeshi toca un seno de Hamaya, y al mismo tiempo le da un beso en la oreja a Hana. Cada una feliz responde el arrumaco.

Pero al acariciarlo se topan y se arma un escándalo. Se empujan, caen de la cama, se pegan, se tiran del pelo y se gritan mutuamente:

—Te odio, desaparece, muérete.

—Yo te detesto, esfúmate, muérete.

Takeshi se enfurece, tira las ropas a la calle, las echa de la casa y cierra la puerta con un portazo.

Pasa una semana. Los cerezos están en flor y el piso es una alfombra rosácea. Las ramas rosas con su aroma envolvente cálido y erótico producen un ambiente sofisticado que transporta. Hamaya lleva una maleta, toma un taxi, se baja en el aeropuerto y muy tranquila se embarca. Hay gran ruido de aviones.

Mientras en el parque Hana se junta con su novio, Kazuo; él amorosamente le pasa un ramito de flores rosadas, pero ella le devuelve el anillo de compromiso. Se despide con un rápido abrazo, y llama un taxi.

El vehículo llega al aeropuerto. Hana se baja de prisa y corre. Presenta su boleto, pasa policía internacional y muy apurada llega a la puerta de embarque. Entra al avión y corre por el pasillo hasta el asiento donde se besa con pasión con Hamaya. Ruido de motores.

PERSISTENCIA

Como todos los días, la Chiqui se había dado un relajante hidromasaje caliente, que es uno de los atractivos de Bahía Pelícano. Pasa lo más rápido posible por la ducha fría, saludable, según afirman, y a medio secar camina a través del centenar de eucaliptos milenarios.

De pronto todo cambió. Le zumban los oídos y siente que un alud de olor a eucaliptus le cae encima, el aroma es de otro mundo. Ella olvidó el sendero, solo el intenso perfume de eucaliptus inundó sus poros y sintió que sus pies ya no tocaban el piso.

—Se enajenaron mis sentidos, solo quedó el aroma como un vehículo alado que me transforma en un tornadillo —confiesa.

Primero la envolvió un trompo pequeño de arcilla roja finita que jugueteaba, y luego aumenta de volumen hasta ser un tornadillo que se desplaza por sobre los techos, sobre los prados y llega al mar. Y así volando como en un unicornio que gira y gira bailando sobre las olas, ella siente que la transporta como un alma en pena en busca de algo impreciso, un par, el aroma mellizo o una fragancia igual. Girando en un vórtice hermosamente endemoniado. No sé a dónde me lleva ni me importa, piensa la Chiqui.

—¿Pero, es el olor a eucalipto lo que buscas? —le preguntó.

—Más bien diría que me evoca a alguien importante. Es como el vuelo de una mariposa que deja su sombra cuando pasa, donde él ha estado queda para siempre impregnado de, sí, de ese perfume. Esa esencia siempre está en los lugares que lo representan —agrega.

—¿Es un amor? preguntó.

—Es más que eso. A veces no están las palabras que se necesitan.

—No soporto la permanencia, pero adoro la persistencia —trata de aclarar.

—Explícame —le digo.

La permanencia implica una rutina insoportable, saber que todos los días son iguales es una condena. Amo la libertad. La aventura de vivir la incertidumbre del mañana es la sal de la vida. El dicho "nunca se sabe" encierra una gran sabiduría.

La persistencia es una certidumbre, aunque no es segura, es la magia de saber que está, aunque no esté. Es como la seguridad de la fragancia de eucalipto, no se ve, ni se toca, pero existe; es como la luz que alumbra el sendero y uno mira hacia atrás y es infinita a través de los tiempos igual que esa resina

Y la Chiqui envuelta en el tornadillo va girando y girando dejando una mancha roja de arcilla en el mar, no agita las olas como las trombas marinas, solo la miran pasar. De pronto una fuerza como un tifón la atrae. Es el par, el aroma mellizo buscado, la frescura de otro bosquecillo de eucalipto.

La Chiqui, borracha de aroma y de girar, perturbada, mareada alucina con un mapache que salido del bosque con un lavatorio quieren lavarle las manos.

Cae de espalda sobre el pasto verde, un arcoíris se atraviesa de lado a lado.

Escucha una voz de los tiempos que dice, "dame un beso". En su corazón brota una flor azul de felicidad mientras pasan nubes rojas, rosadas y naranjas que iluminan el lugar.

Y se desata la ira de los dioses, empieza un temporal de viento, lluvia y truenos, primero y luego una avalancha de granizos que le hieren la cara y laceran con furia su cuerpo.

—Granizos del tamaño de un talento, piensa, recordando el versículo de la Biblia, pero yo no comprendo la palabra pecado y menos castigo.

Hace un frío que cala los huesos. El mapache solidario le lengüetea las piernas que le tiemblan como gelatina..

Se levanta y de un salto se tira a la piscina que tiene el agua tibia. Siguen cayendo los granizos y se forma un cerro que cubre todo el pasto. Caen también sobre los eucaliptos que reciben el castigo de Dios sin saber por qué

La Chiqui permanece nadando en la piscina, y piensa, "como las esculturas griegas de bronce encontradas en el fondo del mar por un submarino, me quedaré hasta que tú llegues a buscarme. Sé que lo harás".

¿Quién es quién?

Son casi las dos de la madrugada. En la sala del segundo piso de la casona, tú me cuentas un cuento y yo escucho embobada. Me acomodo y pienso, "siempre has sido un corazón hecho persona; iluminas ciudades, transformas piedras en piñas. Usas tu corona de mago para convertir los lugares en más...

Diviso por la ventana algo flotando hermosísimo como un castillo encantado de luz, señalo y casi no alcanzo a balbucear:

—Mira que hermo...

—Bruta.

Me tomas de la mano y ya estamos en el sendero corriendo a avisar el incendio del pajar. Al lado está el establo y la pesebrera. Los mugidos, relinchos y ladridos dieron la alarma, y los que viven más cerca están con baldes tirando agua. Tú te integras al trabajo de matar el fuego. Mientras yo conjeturo, "un rayo de sol de la mañana pasó a través de una gota de rocío y prendió una pequeña llama en la paja que fue creciendo durante el día". Vuelvo en mí y observo con una mezcla de éxtasis y estupor. Hasta el cielo está conmovido; densas nubes rojas pasan desatadas, movidas por el viento, como una estampida de millares de flamencos.

Los fardos crepitan, se retuercen y humean desprendiendo un intenso aroma de incienso de verbena. Hay un sabor acre que me seca la boca, clamo por un poco de agua, pero nadie escucha, toda la tiran a las llamas. El ensordecedor ruido retumba en mis oídos, hasta el gallo canta. El calor envolvente y el humo de la quema de paja de trigo mezclada con verbena produce un desvarío, de tal forma que un grupo se pone a jugar al "¿quién roba a quién?", un curioso juego que potencia la imaginación, pone a volar la creatividad; la única condición es sustraer algo sin perturbar al dueño. Quien se apodere de lo más hermoso gana. Comienza el juego.

Puedo observar que el amanecer blanquecino le roba al atardecer bellos arreboles rojos, verdes y mágicos rayos dorados de sol. La cordillera quiere ser mejor e imponente vestida de reina, se pone una corona multicolor que le roba al arcoíris.

Mientras el estanque de agua estancada de la pileta con su olor nauseabundo le roba el aroma al campo de hierba de San Juan, pero le dicen que eso es trampa y no la dejan jugar. Aceptan que el sizal rugoso y duro de la alfombra le robe la suavidad a la seda, y todos aplauden cuando la brisa le quita el vuelo y el trinar a las alondras. Sin embargo, gana el juego el silencio que toca una bella melodía que le roba a las esferas.

Me doy cuenta de que, con las altas temperaturas, todos hacen disparates, porque también se arma una muy loca fiesta de disfraces. Las primeras son las hojitas de las copas de los árboles que se sueltan y vuelan como una multitud de mariposas amarillas. Como con el calor caen asteroides de lapislázuli, la planicie llega a la fiesta transformada en un mar petrificado. Esto no lo supieron las olas que llegan disfrazadas de novias luciendo largos y vaporosos velos que se agitan al viento y quieren celebrar su boda en la llanura. Llegan felices y cuando se arrodillan para recibir el anillo se les hieren las rodillas, y terminan llorando como hienas en noche de luna. Más tarde llegan las luciérnagas que viven escondidas en los arbustos esperando ser estrellas en la noche, y para participar en la fiesta vienen transformadas en fuegos artificiales; esto lo aprovechan los arbustos que disfrazados de mulatas arman un carnaval y llegan bailando la más voluptuosa danza del vientre.

Las gnomas también sienten el delirio y quieren integrarse a la fiesta, así Skuld, la gnoma diosa del destino, disfrazada de loca de los gansos, trae un mullido plumón de fino *down* con un gran signo interrogativo pintado. Y Verdandi, la gnoma para alegrar los días, vestida con una americana barman mao blanca, una coqueta falda cortita, una bandeja con dos copas nos trae un brebaje con un intenso sabor a vino picado y todos riendo y cantando una suave melodía se van. Yo me voy a disfrazar de… empieza a moverse todo desde lo profundo de la tierra y con el tremendo ruido, asustada despierto. Estoy apoyada en tu hombro, me siento tan segura y pregunto:

—Mnnnh, ¿se incendió el pajar?

—Te dormiste cuando te estaba contando el cuento del incendio de las Torres del Paine, ¿qué dices?

—No, nada, ya no sé quién soy.

EL CAHUÍN

Rosalía sube corriendo a la lancha.

—¡Último pitazo! —grita el lanchero. —A Chiloé. "Hoy hace mansa calor", piensa.

Parte el lanchón con un mar y cielo azul. Rosalía en la cubierta mira las toninas que juegan cerca de la embarcación.

Al llegar a Chacao se encamina a Llau-Llao, hasta la casa de Eduvigis y Salustio, sus abuelos. Son viejos de verdad, arrugados y sin dientes. Están moliendo manzanas en una piedra pómez ahuecada como mortero.

La abuela le dice:

—Mira chica, Salustio anda tan encorvado que se le notan las paletas.

—¿Cómo dices, vieja? –grita el abuelo.

—Pobrecito, ¡Es pesao de oídos! –dice la abuela y rezonga:

—Tan maganta (flaca) que se ve esa chica, parece recién salida del hospital.

—Chacha, estoy bien ¿y usted cómo está?

—Yo apellinada, niña –contesta.

Llega Carmelo con un rabel y una guitarra. Saluda a Rosalía:

—Aquí habrá cahuín una semana —dice entregando una enorme bolsa de mariscos: para hacer Cancato, aclara.

Llega Remigio que trae bombo, tambor y un cordero. Salustio viene con una canasta de tortillas al rescoldo y un instrumento:

—Miren yo mismo hice el charranco con la quijada del caballo que murió.

La comadre Juana trae grandes cantidades de ensaladas verdes, rojas también amarillas y dice:

—Acarrié la matraca y el acordeón, me voy a apotincar acá para estar cómoda.

Empiezan el canturreo *un gorro de lana*, mientras van llegando más invitados.

Todos traen abundante comidas y bebidas (chaumo). Sirven el jugo de manzanas en un tacho enlozado todo saltado; pasa de boca en boca y llega donde Rosalía, le da asco, pero toma igual. "Para no desairar", piensa. Se entona el ambiente con *el costillar es mío*, que lo zapatean Hilario y Carmelo; muy peleado, la botella salta lejos. Terminado el baile, se lleva las manos a la cintura, Eduvigis dice:

—Se hizo güilas bailando el compadre Carmelo y ahora reclama que le duelen los cuadriles, tómese una aloja.

Ruperto, el gañán más encachado, le dice a la Rosalía:

—¡Tan atraedora que es usted!

Rosalía sonríe, siente aleteos en la boca del estómago. Tocan el infaltable baile chilote *trastrás por la trastrasera*.

—Principesa ¿bailamos? –le ofrece Ruperto.

Todos bailan, agarrados con las manos más abajo de la cintura. Corre ahora la chicha de manzana de "la juerte" porque es del año pasado. *Niña sube a la lancha*, retumba el bombo, mientras empieza a asarse el cordero. La Eduvigis ofrece ñachi para el que quiera, sobre "too pa" los achispados. La Rosalía no, de chica le cargó porque mataron su cordero regalón.

Y así pasa el día bailando, *con la torre de Huillinco cayó la luna* el Ruperto le susurra al oído a la Rosalía, "sáquese los calchunchos". La mirada precisa de la Rosalía, la risa brotando del corazón, termina la pieza y sale. Detrás del arbusto se arremanga la falda y se los saca; *están medios desteñidos*, piensa y los esconde en la bajada de agua lluvia. Entra con la maldad en los ojos, le hace un guiño al Ruperto y siguen bailando muy calentón *"el corazón de escarcha"*. Las papas chilotas están de miedo, el vino navegado, el asado de chancho y el curanto con chapalele, Remigio saca el Murtao y el Licor de Oro.

—Están juertones, son de Chonchi. Con los acordes de *onde va la lancha*, Remigio dice:

—¿Bailemos Juanita? — *Guendar la fiesta guena*, piensa la Juana, cachonda con Remigio, saliendo a bailar le dice coqueta:

—Me abutagué de comida, me habría comido, sería un almud de tacas crudas.

Al atardecer la Rosalía se siente mal y va a la letrina. Pasa mucho rato y no vuelve; se escucha un fuerte gemido. El piso de la letrina se hundió y quedó afirmada en los bordes del suelo, colgando. Con esa fuerza que nace en situaciones límites de espanto logró con los brazos elevar su cuerpo y salir con las piernas llenas de mierda.

Ruperto va corriendo y pregunta:

—¿Se te desconcertó algo?

Rosalía, aún enterrada en el mierdal, no responde.

—No te achunches. Achollóncate para salir —solo si te gusta.

Ella se pone de pie, pero se hunde hasta la rodilla, entonces él la ayuda a salir, la acompaña a cambiarse y le dice:

—Yo voy a agoitar en la puerta.

Rápidamente ella sale arreglada. Al verla salir le dice:

—Ve, alegante de nuevo.

Ella se ríe y le responde que el olor a mierda no se lo podrá sacar. Él le dice riendo, "mnnhh, hueleche, está hediondito".

Rosalía siente escalofrío por la espalda.

Vuelven a bailar *en una aldea costera*, "que calentona esta música", piensan.

Rasguea la guitarra el Carmelo y empieza la cueca chilota: *las chicas que me gustan...*

Ruperto le dice al oído:

—Bailamos el chapecao y nos vamos pal monte, estoy arrecho.

—Prefiero la playa —propone la Rosalía toda mohína.

Salen casi corriendo agarrados y los besos saltando de los labios.

Luna llena, el mar muy recogido, playa infinita. Corren como dos potrillos por el extenso arenal húmedo, cerca del agua empiezan a bailar restregando los pies, saltan machas, ríen, bailan, y bailan, salta la arena, saltan las machas y se van enamorando hasta más allá del amanecer.

Un mundo mejor

Hola. Soy Gala. Quiero contarles que el lema "lograr un mundo mejor" de EGGs, llamó la atención del alto mando de la NASA. Decidieron usar su plataforma orbital para hacer un piloto de siete días que involucrara a todos los alumnos de 8° básico del mundo.

El comisionado de la NASA, mi jefe, planificó todos los detalles. Dio un color a cada país en un gran mapamundi y habilitó el traductor automático. Formó grupos de seis integrantes de distintos continentes, de países vecinos, de diversidad cultural, de diversidad étnica, de diversidad racial, de diversidad de género. Designó un robot instructor para cada grupo. Clases *online* con todas las ayudas audiovisuales.

—Mi trabajo desde la Torre Central consistió en participar, vigilar todo y cuidar que cada alumno llevara siempre su color.

Primer día. Clase de Música, Instrumentos.

—Cada alumno aportó un instrumento musical, contaba su origen y lo tocaba en cámara. Fue muy enriquecedor y entretenido con tan diferentes aportes. La pantalla mostraba todo, algunos instrumentos rarísimos, exóticos. #Los alumnos salieron felices con su color.

Segundo día. Clases de Baile.

El video mostraba baile moderno y el color del país. Yo bailé de todo con ellos, dance Otaku *cinco pisos cinco pisos, sono un bravo ragazzo*, *Pata Pata*, Roller, apache y *Tango, quiero verte una vez más*, por nombrar algunos. *Los pasé maravillosos, sufrí enamoramientos múltiples.* #Los alumnos salieron orgullosos con su color.

Tercer día. Clases de Ciencias Naturales, Biología y Química:

En cada grupo había algún alumno que sabían más que otro. Ellos explicaban, se organizaron trabajos de equipo dentro del grupo, lo que fue muy positivo para el aprendizaje colaborativo. #Los alumnos más lentos lograron aprender y se sintieron muy bien, salieron con más autoestima mostrando hinchados su color.

Cuarto día. Clases de Pintura.

La cooperación fue muy importante para el conocimiento de las distintas tendencias y determinar qué es arte en este siglo. Fue maravilloso saber que ya el arte no es de elite, sino una herramienta para la protesta individual y colectiva. Y que en el siglo XXI toda expresión del ser humano es arte. #Todos los alumnos discutieron positivamente y salieron ufanos con sus colores.

Quinto día. Clases de Historia.

La historia depende de quien la escriba, los estudiantes sabían su versión, la que habían escuchado, la que les enseñaron. Todos defendieron lo que sabían, sus límites, sus guerras, sus triunfos. No funcionó la colaboración. Se trataron de traidores, de cobardes, de mentirosos y se armó una batalla campal. #Todos los alumnos furiosos. De rabia se tiraron los colores y quedaron manchados.

Sexto día. Clases de Pueblos Originarios, Cosmología.

Los mitos, dioses y creencias que se han transmitido de generación en generación y que los seres humanos de cualquier lugar del mundo hemos aprendido de nuestros abuelos y abuelas es un conocimiento indiscutible. No se transa. Se produjo una competencia descarnada para lograr que su verdad fuera la verdad. #Todos los alumnos se odiaron, querían ser exclusivos, perdieron sus colores.

Mi jefe, el comisionado, que es muy ocurrente hizo un cambio.

El séptimo día planificó una conferencia: "Hipótesis de los muchos mundos" y dijo:

—Han perdido sus colores, su identidad, peleando por ganar, es un absurdo. Si aceptamos "la hipótesis" el yo que se peleó sería solo una de sus versiones del yo; mañana habrá otra versión del yo de cada uno, las discusiones se enfocarán de otra manera. Esos yo comparten un pasado común en *este aprendizaje participativo,* pero tendrán otro futuro, historias distintas, mañana todo será diferente, no peleen.

Y con un *efecto holográfico* hizo que uno a uno los grupos fueran apareciendo en la plataforma en cuerpo presente.

—Atención, formando fila, les dijo, pasen los seis del primer grupo, tómense la mano y sonrían. #Los alumnos se abrazan, recuperan su color, la "individualidad", que habían perdido.

Yo, Gala, con mi ocurrencia femenina, puse el dedo en la llaga, los invité a una fiesta de disfraces con trajes autóctonos. Cada alumno se puso un traje que no es el suyo y tuvo que explicar su cosmovisión y atacar la propia. La competencia se llamó "ponerse en los zapatos del otro". La mirada fue totalmente diferente y pudieron encontrar los puntos comunes en la forma de interpretar el mundo.

Pero en las rivalidades de la historia la sangre derramada determina que el inconsciente colectivo no acepte conciliación. Y el yo de ayer, el de hoy y el de mañana pueden aceptar una avenencia, pero jamás un olvido ni menos perdón.

¿Será posible?

Subo a saltos las escaleras del cerro y veo todo cubierto de sal gruesa. Un grupo de mujeres vestidas de negro, de pie, forman un círculo y rezan en voz muy alta, lo que produce un ambiente muy tenebroso.

—Es el acabo de mundo —pensé.

Una fuerza desconocida me hace correr por el sendero de la ladera del cerro; una roca grande, colgada en el acantilado, con perfil de cara me está llamando.

—Hay que ser positiva para salvarse.

—Yo, yo soy positiva —le grito.

—Sí, pero no es suficiente, tienes que enseñar a la gente a mirar lo bello y bueno. Es tu misión, hazla rápido.

Se me llenan los ojos de lágrimas porque es una responsabilidad abrumadora. "¿Qué hago?", me pregunto. "Las redes sociales", pienso. Con el celular pongo un video llamativo, con traducción en todos los idiomas de un himno antiguo positivo . Y agrego: canta y te salvas . Hazlo viral.

Alcanzo a enviar la propuesta; se siente un estruendo ensordecedor, seguido de un rayo gigante, como si Zeus furioso cayera al planeta; todo el mundo aterrado al suelo.

La descarga nos separó en dos grupos, los que vemos el vaso medio lleno y los que ven el vaso medio vacío. Diviso a las mujeres de negro, siguen rezando, flotan de pie, en círculo y quedan en el limbo.

Y de pronto dos OVNIS, uno color rosado con *La Primavera* de Vivaldi, y otro gris marengo con *Acumulando oscuridad* de Kevin MacLeod.

Se siente el latir de todos nuestros corazones, que saltan por la boca de espanto. El OVNI rosado abduce a todo mi grupo. Arriba de la nave nos calma un aroma celestial de lavanda, romero, eucalipto, jazmines, violetas, ámbar, orquídeas, lirios y rosas. Y emprende el vuelo por la Vía Láctea hacia la galaxia más cercana, Andrómeda.

Íbamos lejos, cuando se siente un coro de multitudes, una especie de canto gregoriano, venido de lo profundo del universo, de nuestro planeta.

La nave se suspende en el aire, cambia de dirección hacia la tierra. El himno se escucha *cantado en todos los idiomas.*

Nuestra nave rosada se detiene sobre la tierra y abduce a los cantores.

La nave marengo con su terrorífica música, abduce al resto del otro grupo, y no se sabe dónde fue, no quedó nadie en la tierra. No pudimos ver a los extraterrestres, pero pusieron una estrella en mi frente y nos enseñaron a ser coherentes, sin mentiras, sin doble estándar; la verdad en los ojos, un cambio muy profundo. Nos dijeron que si caíamos en cualquier incoherencia tendríamos un terrible dolor al plexo solar. ¿La boca del estómago?, pensé.

Y nos devolvieron a la tierra a un bello paisaje, un bosque añoso, lleno de lianas, musgos, helechos; rayitos del sol se filtran y hacen brillar las gotas de rocío, me recuerda el Bosque Fray Jorge, que también es un milagro de la naturaleza; tú me miras y yo sé que me amas   Tengo la sensación que veo mi alma reflejada en tus ojos . Tú me tomas suavemente la mano: ¿Y fue posible? Eso parece, pensamos.

La tierra evolucionada porque somos civilizados ¿será posible?

LOS PELDAÑOS

El Barco que venía de Francia debió arribar por fuerza en el puerto de Antofagasta, por la guerra civil chilena de 1891. Un grupo de franceses invitados por el presidente Balmaceda venían de colonos, habían perdido sus viñedos por la plaga de Filoxera. Margot y Louis traían a Margaritte, su hijita de dos años.

Margot ve a un hombre pegándole a una mujer, se acerca y le dice muy enojada:

—*Ne golpea pas ta femme.*

La mujer muy chora, le dice:

—Que te metí gringa e´ miéchica, mi marido nomá me pega.

Margot se agarra la cabeza a dos manos, y dice:

—*Ah, oh l´a l´a pégale alors.*

Eran dos miradas imposibles de conciliar. En el viejo mundo, Margot pertenecía a una de las numerosas asociaciones feministas francesas que habían proliferado en esa época y que luchaban por desarrollar los derechos de las mujeres, de manera que no podía comprender a la mujer nortina que se dejaba agredir como la situación más natural. La chilena se sentía propiedad de su hombre y asociaba la violencia como muestra de amor y el hombre, como proveedor, se sentía dueño.

En la Alameda de 1900 como era habitual todas las tardes, Margaritte con quince años de edad y su amiga Meche se paseaban con sus sofisticados trajes largos en la fila de solteras. Una rubia y una morena, les decían al pasar los jóvenes, que iban en fila en el otro sentido, como era la usanza. De pronto un caballero alto, bien plantado, muy apuesto, pasa muy cerca, casi la roza; la chica siente un cosquilleo en el estómago y sin pensarlo mucho, tira su guante al suelo mirando para otro lado, él galán lo recoge y se lo pasa, ella siente que su cara arde y agradece coqueta y nerviosa. Él se acerca, y sacándose el sombrero le dice:

—Dime tu gracia, hermosura.

La toma del brazo sutilmente y la conduce a la fila de las parejas, ella se deja llevar, le tiemblan las piernas y las manos, su voz se escucha como un susurro tratando de no parecer una nena. Conversan lo habitual, se llama Celso, le dobla en edad, es de Antofagasta, tiene salitreras, no es casado. Le cuenta anécdotas del norte, de las salitreras, ella se ríe presumida; le hace bromas que la hacen ruborizar. La adula, ella se muestra tímida.

Paso a paso, llegan a un salón de baile con música en vivo; pide una mistela, ella hace una sonrisa cómplice, se toma el pelo, pestañea sutilmente y le habla al oído; entre polcas, rancheritas y zamacuecas van sintiendo que se conocen de siempre. La deja en su casa y vuelve al día siguiente con un ramo de rosas.

—Y unas pocas siemprevivas para que las conserves —le dice. Ella sonríe seductoramente.

Y se repiten las visitas y los regalos.

—Un cuarzo, que es el corazón de la tierra, para que sientas los latidos del mío —le dice románticamente. Ella transpira de emoción y su corazón late con fuerza.

Y otro día.

—Una caracola para que escuches el sonido del mar, mi linda sirena —ella se pellizca. —"¿Será real?"

Un día, Louis, el papá de Margaritte que es clarinetista invita a la familia a la confitería Torres ubicada en el Palacio Iñíguez en la Alameda, el centro de reunión para intelectuales y políticos. Allí dará un concierto de Jazz, trascendente y único, porque en Chile el jazz comenzó a ser cultivado en la década de 1920. Asiste lo más granado de la aristocracia. Celso saca a bailar a Margaritte, se besan con disimulo al son de la lánguida música. Al final del concierto, Louis toca como humorada un pasodoble que deriva del *pas-redouble* francés, Celso atraviesa toda la pista de baile para lucirse con su adorable chica causando la admiración y envidia de todos los asistentes. Celso le dice a Margaritte:

—Eres tan bella y dulce, quiero tenerte siempre a mi lado –le pone en el cuello una cadena de oro con una perla de regalo y pide al padre la mano de su hija. Margaritte acepta radiante de felicidad.

Poco tiempo después se casan y se van a vivir a La Serena, porque la ciudad es bonita y con más infraestructura para formar una familia. Las distancias son largas, pero podrá ver sus negocios salitreros, ir y volver a casa.

Establecen su hogar en una gran casona al frente del Liceo de Hombres de La Serena. Todas las ventanas dan a la calle, tres patios con glorieta y flor de la pluma. Las provisiones llegan en cajones, cinco empleadas acompañan a la señora a bordar cuando terminan sus trabajos. Margaritte se instala en los balcones a tomar aire, los liceanos le dan serenatas, ella como buena francesa se divierte coqueteando a gusto. Aun embarazada sigue con esa entretención, es solo por divertirse, no va más allá.

Una tarde, Celso llega un poco antes y la cantata de los muchachos está en su apogeo con el solaz de Margaritte que hace palmas, feliz. Celso la toma de un brazo, la entra en vilo y levanta el brazo para darle un bofetón.

Ella recuerda la enseñanza de su madre: "A la mujer no se le pega". Con su frágil figura coge la lámpara de aceite prendida, la levanta con fuerza, lo mira amenazante, sus ojitos verdes centelleantes, su brazo trémulo, su cuerpo erguido, su cuello rígido; se la tiraría a la cara para desfigurarlo. Celso así lo comprende.

—Ay, mi niña, si es una broma. Al día siguiente hace cerrar con madera todas las ventanas. Un sentido de pertenencia, porque soy el proveedor que Margaritte aceptó sin una queja, porque creció en un patriarcado. Eso sí, la invitó a cenar y bailar y le regaló una hermosa orquídea.

Pero a diferencia de sus coterráneas, Margaritte sabía que la agresión no es amor, porque nació sobre el peldaño que le dejó su madre, lo que indica la fuerza del legado en el proceso evolutivo.

Margaritte enviudó a los treinta años. Celso le había dado todas las instrucciones sobre sus empresas, tenía cuarenta y cinco años, edad promedio de vida en esos tiempos, pero ella no supo defender las pertenencias mineras que heredó, porque para decir verdad, era la típica rubia de pelo largo e ideas cortas. Y toda la opulencia se fue con él.

De ese amor nació Elsa quien adoraba a su progenitor, lo miraba con gran admiración trabajar con sus frasquitos con reactivos con que analizaba las muestras de tierra que le traían los cateadores para saber si contenían nitrato de potasio, la fórmula química del salitre. Soñaba con ser química como su padre. Su muerte fue una angustia terrible para la niña que solo tenía quince años. Margaritte, su madre, le puso un vestido Coco Chanel de los años veinticinco con unos rellenitos *ad-hoc*, un sombrero, indispensable para salir a la calle en esa época, y la mandó a trabajar en una tienda de una cadena de grandes almacenes administrada por franceses. Le pagaban poco, proporcional a lo nada que sabía. Pero la chica tenía pretensiones, se puso a estudiar en la noche en el Superior de Comercio y luego consiguió un trabajo bien remunerado que la hizo sentir exitosa, aumentando su autoestima. Ella tenía sus propios ingresos, soñaba con formar una familia, sus hijas serían profesionales.

Conoció a Humberto un muchacho de su edad, con ascendencia italiana que lo marcó para bien y para mal como Elsa supo después. Se miraron, se encantaron, fueron al cine Metro y con Greta Garbo en la romántica peli *La reina Cristina de Suecia* se dieron el primer beso, se enamoraron y se casaron. Elsa era una joven intensa, consideró a Humberto un ser único y excepcional y sintió un amor por él sin parangón; él constituyó el interés fundamental de su vida. Lo apoyó con una lealtad sin límite en situaciones muy difíciles que provocaba el italiano fiestero, ludópata y mujeriego.

Un día llegó pasado de copas y discutiendo tomó a Elsa fuerte por el brazo. Ella con su zapato taco aguja le rompió la cabeza. Él no le iba a pegar, pero ella recordó el lema "a las mujeres no se les pega, que le transmitió su madre".

Elsa agradecía a su antecesora el peldaño de no aceptar agresiones físicas y trabajó arduamente para construir otro peldaño, ser una mujer integra, que para ella significaba ser recta, respetarse, sentirse orgullosa de ser mujer, ser buena tela, instruida, culta, autosuficiente económicamente, que conlleva independencia y libertad para plantearse en la vida.

Sin embargo, era machista a ultranza: Humberto no podía entrar en la cocina, tenía derecho a ser infiel por ser hombre, "las otras mujeres eran capilla y ella era la Catedral, porque era su esposa", y como para disculparse tácitamente, le traía un ramo de rosas o una caja de chocolates. Y aceptaba las peores tropelías económicas que son duras formas de violencia.

Después de quince años se separaron, Gladys, hija del matrimonio, tomó partido por su madre, no aceptó la forma de ser de su padre; para negarlo decía:

—Nací de una lechuga –y lo borró de su vida.

Su madre le enseñó que las mujeres nacieron para casarse y que debían llegar vírgenes al matrimonio. Eran el paradigma de los años 50 del siglo XX, no todas lo cumplían, porque las cuidaban tanto que al menor descuido pasaba, pero a Gladys no, porque su madre le dijo que confiaba en ella. "Y criar responsable es como meter a Pepe Grillo en el alma de las personas", eso pensaba Gladys. Esta desventaja sexual trajo como consecuencia que el primer pololo le fue infiel. Ella no era como su madre, tomó la decisión: ningún hombre me va a engañar nunca más.

Entonces se vistió de mujer fatal porque era la época del existencialismo e hizo suya las ideas de Simone de Beauvoir que le calzaron muy bien porque ella se sentía muy feliz de ser mujer, tenía como principales valores la libertad y la justicia, y hasta desayunaba con jugo de naranja y café amargo como la Beauvoir y Sartre. Apenas tuvo oportunidad fue al Café de Flore en el boulevard Saint Germain, *brasseire* donde comían parrillas y tomaban cerveza Sartre y Simone de Beauvoir, para tratar de captar su energía que Gladys aseguraba tenía que haber quedado en el ambiente.

También su madre le inculcó que el valor de las personas está en sus principios y en su cultura. Le gustaban los filósofos alemanes, Heidegger, Nietzsche, pero también el español Ortega y Gasset; seducía con sus profundos temas de la esencia, del ser o no ser, y se entretenía cambiando a menudo de pololo.

Cumplió el sueño de su madre, más inteligente que estudiosa, obtuvo con éxito su título profesional de Química y consiguió una jornada completa como docente e investigadora en una universidad, lo cual era una gran distinción porque solo había cuatro universidades.

Era la única mujer en el departamento en que trabajaba. Ella pensaba que "el hombre tiene un enfoque general, mira en grande en cambio las mujeres vemos los detalles por lo tanto somos un complemento perfecto; tenemos roles distintos, pero igualmente importantes". Gladys era regalona de sus pares y de sus alumnos, convencía a sus colegas de cosas inverosímiles como de tomar secretaria eficiente, aunque no agraciada. Ganaba el mismo sueldo que sus compañeros de trabajo, no la discriminaban, pero su gran desafío era ser perfecta y así enseñaba a sus alumnas y a su hija, porque aceptaba que se había metido en terrenos de hombres. Lo mismo en las fiestas se cuidaba de no molestar, para ser aceptada en el club de Toby.

Aun así, había una discriminación silenciosa. A veces podía evitarla, por ejemplo, nunca aceptó integrar el grupo de las esposas de sus colegas, porque hablar de pañales y comidas no eran tema para ella "el cartón no lo encontré en la basura" y los acostumbró a que ella pertenecía al grupo de los profesionales.

Pero otras veces la exclusión se manifestaba claramente, como en las reuniones de profesores, Gladys opinaba o daba ideas y no eran tomadas en cuenta, parecía que no eran escuchadas, y un colega decía exactamente lo mismo y podía recibir aplauso y grandes elogios. El machismo imperante en forma encubierta denigraba; Gladys se daba cuenta, pensaba que era un mal necesario y no le daba mayor importancia.

Ella se sintió siempre afortunada de los dos peldaños aceptados de sus antecesoras; contaba como anécdota la historia de las mujeres de la familia y ningún hombre, ni en su máxima furia ni borrachera, se atrevía ni a intentar pegarle; y agradeció ser una mujer integra además de realizar el sueño profesional de su madre.

Como tenía la responsabilidad marcada como timbre asumió que su vida era su cometido y decidió que no debía vivir a través de nadie; no aceptó jamás una presión, no le importó el qué dirán e hizo el pensar sentir y actuar como forma de vida. No era fácil, para ella todo era un desafío, un yo me atrevo.

Cumplió con el programa impuesto se casó y tuvo una hija, Marcela. Como mamá hizo suyo el planteamiento del Profeta de Khalil Gibran enseñar a los hijos a volar y ser feliz, recitaba los versos Gladys.

Lo que le quedaba de machismo era que aceptaba con agrado las atenciones y gentilezas masculinas de ser invitada y no pagar, por ejemplo, que le abrieran la puerta del auto, le pusieran la silla. Pequeños detalles, en todo lo demás era muy autosuficiente y se vanagloriaba de eso.

Marcela nació en los 70 y creció en un escenario distinto. El año 1984 se produce una incorporación masiva de las mujeres al mundo laboral. Los hombres como colectivo sintieron invadido sus reinos y se desquitaron discriminando abiertamente, legalmente, pagando menos por igual cargo, por ejemplo. Además, empezó una descarnada violencia para menoscabar, denigrar y violentar a las mujeres. Marcela sufrió en carne propia agarrones en la calle por andar con minifalda. Los piropos ya no eran la simpatía de una rubia y una morena o cayó un angelito del cielo, eran groserías de alto calibre que esa generación de mujeres se tragó con amargura.

Marcela estudio Ingeniería Industrial, era bien valorada en su medio laboral. Pero ella sentía que detrás de toda gran mujer hay todo un sistema patriarcal diciéndole que no es capaz de serlo. A su madre esa situación le sirvió de desafío, pero Marcela sintió que su género llevaba un peso gigante desde antes de empezar a caminar. A ella también le encantaba ser mujer, pero consideraba injusto tener que hacer el doble o el triple para estar en igualdad. Para colmo se casó con un psiquiatra muy renombrado y estimado en su medio social que, al parecer, odiaba a las mujeres, descalificaba todo lo que hacía o decía en todos los ámbitos. La hizo víctima de una feroz violencia psicológica que empezó a minar su autoestima hasta   que quedó en el suelo, y que logró superar en parte gracias a que sus antecesoras le habían dejado firmes escalones con buen cimiento. Además a Marcela le sirvió de terapia sumarse a la protesta pacífica de las mujeres que por fin aprendieron a ser solidarias entre sí, dado que se hicieron habituales las peores vejaciones contra ellas.

Multitudes marchando fueron logrando algunos cambios; se hizo notar el feminismo exigiendo para la mujer el reconocimiento de capacidades y derechos que tradicionalmente habían estado reservados para los hombres. Y se hizo visible la necesidad de protección legislándose discriminaciones positivas y acciones para empoderar a las mujeres. Generalmente eran incomprendida por la sociedad masculina, cada vez más desconcertada con los avances femeninos. Siempre en el colectivo porque en forma individual, el joven moderno aprendió por la razón o la obligación que todo era compartido en el hogar, y lo hacía gustoso, generalmente.

De ese matrimonio tan mal avenido nació una hija, años 80, Andrea. Ella y su grupo conocieron desde su tierna adolescencia este mundo hostil del colectivo masculino, que no estaban dispuestas a aceptar. Andrea no era como Marcela, su madre, que se tragaba los agarrones y las degradaciones, a ella no, y menos como su abuela y bisabuela que amparaban el machismo. No, no era como ellas, pero agradecía a estas mujeres, sus antecesoras, que le habían construido los peldaños para que ella supiera lo que valía y para que se atreviera a luchar. Además, a través de la placenta sintió la impotencia de su madre y el dolor se transformó en furia. Y arengó a multitudes. Y ahora sí eran millares, porque también se envalentonó la generación anterior. Y cuando las mujeres se enrabian son unas perras. Y ahora tenían un furor tan grande que les daba un coraje de otro mundo. Andrea decía:

—Qué se imaginan, decidir por nosotras; nuestro cuerpo es nuestro y hacemos lo que se nos antoja, y para demostrarlo salían miles a protestar desnudas, gritando las peores obscenidades. Para que aprendan a respetar, pensaba. Desde antes de nacer había recibido la queja de su género, vejado, ultrajado. Como muchas de sus congéneres no quiso casarse; fue madre soltera. Rechazan las discriminaciones positivas, no quieren ser empoderadas, ellas quieren SER, si Ser consideradas con los mismos derechos, en igualdad.

Andrea integra un Colectivo de Activistas Feministas y hace un taller: "Evolución femenina" para sus hermanas que nacieron en familias sin peldaños.

La primera parte es "Un hombre no se atreve a pegarte si te ve decidida" para lograr el primer escalón.

El proceso para llegar al cambio se demoró más de un siglo y cuarto. El inconsciente colectivo feminista ya cambio el paradigma por lo que la evolución será cada vez más rápida.

Aurora es la última mujer de la familia, nació hace cinco años. Y millones de Auroras que ya nacieron o están por nacer en el mundo no se podrán imaginar, ni creerían, aunque les cuenten cuando sean adultas, todo el sufrimiento, la discriminación, la violencia de todo tipo, las humillaciones sufridas por sus congéneres, y sobre todo las luchas para que ellas nacieran en lo alto de la escalera. Y cada amanecer puedan contemplar arreboles rosados en un cielo azul tomada de la mano de un hombre que es su par, su *partner*, su compañero de ruta en igualdad de condiciones, un cuento de amor y magia convertido en realidad.

EPÍLOGO

Por Teresa Calderón (*)

Al cerrar este libro de gran diversidad temática aterrizamos inundados de emociones diversas, de la misma manera como se cruza el umbral al abandonar la sala de cine o un museo. Regresamos al escenario de la realidad plenos y poseídos de imágenes y sensaciones que se cruzan y nos devuelven muy distintos de quienes fuimos antes de entrar. Al concluir la lectura de estas historias, la primera impresión es de sorpresa. Vamos saltando de un mundo a otro en un juego de estructuras muy original y novedoso.

Celebramos esta *opera prima* de la escritora Nelly Sardy, quien ha sido capaz de construir piezas narrativas que al unirse como un complejo rompecabezas nos ofrecen un resplandor de la condición humana en su enorme magnitud.

Cabe destacar la maestría formal en la construcción de personajes poderosos, verosímiles y profundos; la configuración de atmósferas oníricas, de ciencia ficción, realismo e imaginación desmesurada. Sobresaliente es su mirada de la sexualidad, el amor y la magia donde el hilo conductor es la condición de mujer, el tono feminista y muy audaz que trasuntan sus historias. La mujer niña, la mujer hembra, la mujer que defiende su identidad de género, la mujer bruja, la mujer picarona del campo, la mujer de las fantasías, la mujer vengativa, la mujer víctima del machismo. La lista es larga y el lector ya habrá descubierto otras facetas del arquetipo de mujer presentada en esta obra *Cuentos de Amor y Magia*.

Gran obra, gran autora Nelly Sardy la Musa

NOTA

(*) La Serena, Chile, licenciada en literatura y profesora universitaria. Ha escrito poesía, cuento, ensayo y textos para niños. Ha recibido diversas distinciones literarias: Premio Artes y Letras de *El Mercurio*, Premio Pablo Neruda., premio Altazor 2009. Su poesía ha sido traducida a varios idiomas.

Apéndice

LOS PASOS

Adaptación del cuento Los Peldaños

Guionista Nelly Sardy la Musa

1.-PANTALLA DIVIDIDA/ ANIMACIÓN GRÁFICA
En la parte superior de la pantalla, un
Mapamundi, en el centro 1 hoja calendario 2040, en la parte inferior logo ni
una menos

GABRIEL (OFF)
(Gritando)
Está listo el desayunooo

AURORA (OFF)
(Gritando)
Estoy ocupada mi amor,
gracias

2 EXT SANTIAGO CHILE /PLAZA BAQUEDANO
- DIA
Rotonda coronada con monumento del gene-
ral Baquedano a caballo. Al oriente
Providencia, edificio costanera center al
poniente Avda. OHiggins, edificio torre
Entel; lugar de celebración de logros y
manifestaciones

3 ARCHIVO DE VIDEO
Multitudinaria manifestación feminista,
todas vestidas de negro.
IMPRESO
Primera marcha ni una menos 21/10/2015

AURORA (OFF)
Yo participé de esa marcha
mientras escuchaba los

*gritos ni una menos en
el útero de mi madre. Me
produjo un gran sobresalto*

4 INT CASA DE AURORA/ SALA ESTAR- DIA
AURORA mujer de 25 años sentada en un
sillón de cuero, amplios ventanales con
Roller, estante con libros, en una mesi-
ta álbum de fotos, mira un video en el
plasma

AURORA

*Después me enteré que soy
la última de una línea
de mujeres feministas que
parte con mi chosna fran-
cesa, a fines del siglo 19*

INICIA FLASHBACK
5 EXT MUELLE ANTOFAGASTA - DIA
MARGOT, 32 años, pelo rubio, camina con
una niñita de 2 años en un cochecito,
detrás lancha y barco con bandera francesa, LOUIS, 35 años, camina más atrás,
lleva en su espalda un gran saco viaje-
ro y colgando de su hombro un bolso de
cuero con un clarinete

CANILLITA

(Gritando)
*Ultima hora, se suicidó el
Presidente Balmaceda*

Louis camina rápido tomando por el codo
a Margot que lleva el coche

LOUIS
(en francés)
Dépeche toi, les revo-
lutionnaires arri-
vent (apúrate llegan los
revolucionarios)

Margot se tapa la cara con las manos

MARGOT
(Muy consternada) (en francés)
Escoute toi, le President
qui nous a invités est
mort

En una esquina un HOMBRE le da puñetes a
una MUJER. La Mujer se cubre el rostro
con el brazo

MARGOT
(Muy enojada)
Ne golpea pas ta femme.

La mujer aparta el puño del hombre y
encara a Margot
MUJER
Y vo, que te metí grin-
ga e´ miéchica, mi marido
nomá me pega.

El Hombre hace un gesto grosero

HOMBRE

*Si po gringa metiche, yo
soy el que pone el bille,
ella es mía hago lo que
quiera*

La Mujer con las manos en la cintura

MUJER

*Claro poh gringa él es mi
hombre, me pega porque me
quiere, vo ne entendí na.*

Margot se toma la cabeza a dos manos

MARGOT

*Ah, oh l´a l'a pégale
alors.*

Margot se acerca al coche de Margaritte
su hijita

MARGOT

(en francés)
*Tue quiconque touche ma
fille
(Yo mato al que toque a mi
niña)*

Margot con su marido Louis, corren por
la costanera de Antofagasta.

AURORA (OFF)
Eran dos miradas imposibles de conciliar. Margot en el viejo mundo, pertenecía a una asociación feminista francesa que luchaban por desarrollar los derechos de las mujeres.
En el nuevo mundo había un patriarcado, el amor tenía cara de golpe

En la costanera a lo lejos se divisa un camión militar

6 EXT. SANTIAGO DE CHILE, AVDA.ALAMEDA LAS DELICIAS - DIA
Larga avenida con cuatro hileras de Álamos, paseo para gozar de "la fresca" en el siglo 19 y mediados del siglo 20.

IMPRESO ALAMEDA LAS DELICIAS 1905. MARGARITTE, pelo rubio largo, ojos verdes, 15 años, y una AMIGA pelo negro largo, ambas con hermosos vestidos largos de la época, caminan en la fila de muchas mujeres jóvenes. Muchos hombres jóvenes van en fila en el otro sentido.

JOVENES (EN CORO)
Una rubia y una morena

Los jóvenes tiran pétalos de flores a Margaritte y su amiga.
Margaritte y su amiga se miran y se ríen. CELSO, 30 años, apuesto, bien vestido con sombrero, pasa muy cerca de Margaritte, casi la roza; Margaritte tira su guante al suelo mirando para otro lado, Celso se acerca, se saca el sombrero, recoge el guante y lo pasa a Margaritte.

CELSO

Dime tu gracia hermosura

Margaritte agradece, nerviosa y coqueta, con un gesto de cabeza. Celso toma del brazo sutilmente a Margaritte y la conduce a la fila de las parejas, caminan del brazo y conversan, en esa fila

7 INT. PALACIO IÑIGUEZ, CONFITERIA TORRES - NOCHE
LOUIS, está en el pequeño escenario de la confitería, revisa su clarinete, mientras va llegando muchos grupos de 2 o 3 personas, las mujeres con trajes largos de seda o encaje, falda amplia , muy escotados, grandes sombreros con lazos y plumas, maquillaje blanco con ojeras. Hombres con smoking , camisa con vuelos , sombrero de copa. En una mesa adelante

del escenario está Margot, Margaritte y Celso. Louis toca

SUENA FANTASÍA ROBERT SCHUMANN

Celso saca a bailar a Margaritte, se besan con disimulo al son de la lánguida música.

FX MUCHOS APLAUSOS.

LOUIS

Muchas gracias. Para finalizar esta velada especial con un público tan selecto los deleitaré como humorada con un pasodoble que deriva del pas-redouble francés.

Celso y Margaritte baila a través de toda la pista, los asistentes murmuran admirados

FX MUCIIOS APLAUSOS.

Louis, Celso y Margarita se sienta en la mesa de Margot.

Celso habla al oído de Margaritte

CELSO

(susurra)

Eres tan bella y dulce, quiero tenerte siempre a mi lado

Celso saca un regalo de su bolsillo.

CELSO
(mirando a Louis)
Don Louis con todo respeto
le pido la mano de su hija

Celso pone en el cuello de Margaritte una cadena de oro con una perla. Ella lo abraza feliz

FINALIZA FLASHBACK

8 INT. CASA DE AURORA, SALA DE ESTAR - DIA
Aurora muestra foto

INSERT: en la foto están Celso y Margaritte, vestidos con ropa matrimonial, con moda de la época

IMPRESO: MATRIMONIO MARGARITTE/CELSO, PALACIO IRARRAZAVAL 1906

AURORA (OFF)
Poco tiempo después se
casan en este palacio de
estilo francés diseñado
por Alberto Cruz Montt

INSERT: Fotos de la Serena : 1 casona estilo colonial con cinco ventana a la

calle con dinteles decoradas con moldu-
ras y pilastras estriadas 2 patio colonial con glorieta y enredadera de flor de
la pluma.

AURORA (OFF)
*y se van a vivir a una
hermosa casona estilo
colonial; las ventanas
dan al frente del Liceo de
hombres de la Serena*

INICIO FLASHBACK

9 EXT/INT CASONA DE MARGARITTE/ BALCON/
SALA ESTAR - NOCHE
Margaritte sentada en un balcón,
conversa con cinco alumnos de último año
del liceo. Llega Celso toma de un brazo
a Margaritte, la entra en vilo a la sala
de estar y levanta el brazo para darle
un bofctón. Margaritte coge una lámpara de aceite prendida, la levanta con
fuerza, lo mira amenazante, sus ojitos
verdes centelleantes, su brazo trémulo,
su cuerpo erguido, su cuello rígido

MARGARITTE
*A la mujer no se le pega
me enseñó mi madre, atré-
vete, te desfiguro*

Celso se da cuenta que ella está decidida a tirarle la lámpara y cambia de actitud

CELSO
Ay, mi niña, si es una broma.

Celso toma a Margaritte por la cintura y la da vueltas como bailando.

10 INT. CASONA DE MARGARITTE, SALÓN - DIA
Margaritte se acerca al balcón y observa que está cerrado con madera, todas las ventanas están tapiadas igual. Entra Celso muy cariñoso y le regala una orquídea. Margaritte sonríe y le tira un beso.

FINALIZA FLASHBACK

AURORA (OFF)
Mi trastatarabuela Margaritte asimiló el patriarcado de sus coterráneas chilenas.

11 INT. CASA DE AURORA, SALA DE ESTAR - DIA

INSERT: Foto de Celso con Elsa

IMPRESO: ELSA RECIEN NACIDA CON CELSO, SU PADRE, 1909

AURORA
*Tuvieron una hija Elsa,
que adoraba a su padre.
Lo admiraba por sus fras-
quitos de química con que
reconocía el salitre.*

Aurora observa la foto y se ríe

INSERT: en la foto está Elsa de 15 años, vestida con un traje Coco Chanel. IMPRESO Elsa 1924,

AURORA
*Cuando mi trastátara quedó
viuda no había trabajado
nunca así es que vistió a
su hija a la moda*

Aurora se toca los pechos

AURORA
*Rellenitos por aquí, y la
mandó a trabajar en una
casa comercial france-
sa. Mi tátarabuela estu-
dio de noche y juró que
la hija que tuviera sería
profesional*

INSERT: en la foto está Elsa con Humberto, vestidos con ropa matrimonial, con moda de la época

IMPRESO MATRIMONIO ELSA/HUMBERTO, QUINTA EL ROSEDAL, 1932

AURORA
*Mi tataraabuela Elsa se
casó con Humberto un hijo
de italiano, mujeriego
fiestero y vividor,*

INICIA FLASHBACK
12 EXT./INT. PUERTA DE CALLE/CASA DE
ELSA, DORMITORIO - NOCHE
Humberto abre la puerta canta fuerte,
borracho, entra al dormitorio, Elsa con
camisa de dormir se levanta rápido,

ELSA
(enojada)
*Llegas a esta hora metien-
do escándalo*

Humberto se acerca vacilante

HUMBERTO
(haciéndose el chistoso)
*Que más te da, te esta-
ba dando una serenata, no
seas amargada mujer*

ELSA
(casi gritando)
*A quién le dices amargada
sinvergüenza cínico,*

Humberto le toma fuerte un brazo. Elsa
recoge su zapato del suelo y le pega con
el taco de aguja en la cabeza. Humberto se toca la cabeza para ver si le
sangra, los ojos de Humberto se llenan
de lágrimas.

HUMBERTO
(llora)
Pero si no te hice nada

Elsa deja el zapato, se acerca a Humberto y le revisa la cabeza le mueve el
pelo, en busca de la herida,

ELSA
*Aprendo, a Dios gracia mi
madre me enseñó que a las
mujeres no se les pega*

Elsa limpia con un pañuelo la sangre en
el pelo de Humberto.

FUNDE A NEGRO

13 INT. CASA DE ELSA COCINA/ COMEDOR
- DIA
Elsa prepara unas tostadas, entra
Humberto.

ELSA

*Sal de mi cocina, no
tienes nada que hacer acá.
Ya te sirvo.*

Humberto sale. Elsa lleva una bandeja, prepara la mesa para el desayu-
no. Humberto contento entra al comedor
con una gran caja de chocolate. Humberto y Elsa se sientan; Elsa a un lado y
Humberto en la cabecera. Elsa sirve té y
pone mantequilla al pan

HUMBERTO

*Anoche me encontré con la
Marilú*

Humberto pasa a Elsa la caja de chocolates. Elsa recibe la caja, se arregla
el pelo

ELSA

Bien fresca ella, no?

Humberto se ríe cariñoso y le toma la
pera.

HUMBERTO

*Que se preocupa mi amor,
si ella máximo será capi-
lla , tú eres mi esposa,
mi Catedral.*

Elsa asiente con la cabeza muy complacida, abre la caja y se come feliz un chocolate

AURORA EN OFF
Así era mi tataraabuela, Y tuvo una hija Gladys

FINALIZA FLASHBACK

14 INT. CASA DE AURORA, SALA DE ESTAR – DIA
Aurora, muestra una foto

INSERT: es la foto de una niñita en la playa

IMPRESO: Gladys las torpederas 1935

AURORA (OFF)
Mi tataraabuela cumplió su juramento, su hija Gladys fue Química como su abuelo.

INSERT: foto de Gladys con un título de químico en la mano

IMPRESO: Gladys graduación de Químico Farmacéutico 1960

AURORA (OF)
*Gladys se sentía orgullosa
de ser mujer independiente
económicamente.*

INICIA FLASHBACK
15 EXT. CASA DE GLADYS, PARRON - NOCHE
Gladys, 3 amigas y 4 amigos en una fiesta, mesa con bocadillos y bebidas, Gladys vestida de negro con los ojos muy
pintados, como mujer fatal, baila con un
muchacho, hay un tocadiscos

**SUENA BILL HALEY ROCK AROUND
THE CLOCK**

GLADYS
(Muy profunda)
*Nacimos para ser felices.
Sigo las ideas de Simone
de Beauvoir*

JORGE
*Eres una mujer linda e
interesante, que bueno
conocerte*

GLADYS
*Gracias. mis valores son
la libertad y la justicia.
¿sabes cuál es el secreto
del amor?*

Gladys se ríe insinuante

AURORA   (OFF)
*Gladys no sufrió discri-
minación, ganaba el mismo
sueldo; era la única mujer
en su trabajo, acepta-
ba que se había metido
en terrenos de hombres:
su gran desafío era ser
perfecta y así enseñaba a
sus alumnas y a su hija*

16 INT. U. DE CHILE, FAC DE QUIMICA,
SALA DE PROFESORES - DIA
Nueve profesores sentados alrededor de
una mesa, Gladys la única mujer está
sentada al frente de Juan, de pelo blanco y al lado de Pedro el más joven.
El director a la cabecera dirige la
reunión.

DIRECTOR
*El tema de hoy es el acto
de celebración del aniversario , ofrezco la palabra*

Gladys levanta una mano, la observan en
silencio...

GLADYS
*Colegas, propongo que
traigamos música en vivo,*

*la orquesta Huambaly en
muy buena*

Profesor 1, 2, 3, 4, y 5 observan en silencio, Gladys mira a todos, JUAN pide la palabra

JUAN
*Para la celebración haga-
mos un gran baile, La
música tropical está de
moda, la orquesta Huambaly
tiene además jazz*

Profesor 1, 2, 3, 4, y 5 aplauden

DIRECTOR
*Pero muy bien, excelente
idea distinguido colega*

Gladys se inclina hacia Pedro muy animada y sonriente

GLADYS
(susurra)
*Un mal necesario por estar
en el club de Toby. A
Marcelita, mi hija no le
pasará.*

17 ARCHIVO DE VIDEO
mujeres trabajan en todos los campos.
IMPRESO: 1984 Incorporacion masiva de la
mujer al mundo laboral

18 ARCHIVO DE VIDEO
Frente al Congreso grupo de hombres
furiosos
IMPRESO: Rechazo a la ocupacion laboral
de la mujer, 1988

HOMBRES (OFF)(A CORO)
Ley de menos sueldo pa las
zorras.

19 EXT. ALAMEDA, CALZADA - DIA
Marcela embarazada con mini falda atraviesa la calle, pasa una moto con dos
muchachos y le dan un agarrón en el sexo

MARCELA
Webones¡ CDTM

Insert ecografía Andrea

ANDREA (OFF)
A través de la placenta el
dolor de impotencia de mi
madre me enfurece.

20 EXT PLAZA BAQUEDANO, ALAMEDA - DIA
Archivo de video
Multitudinaria manifestación feminista,
vestidas de negro.
IMPRESO Protesta masiva ni una menos
mayo 2018

VOCERA (OFF)

*La idea es gritar, para
que nos escuchen fuerte,
muchos años callamos*

Numerosas pancartas de niunamenos
FINALIZA FLASHBACK

21 EXT PLAZA BAQUEDANO, ALAMEDA - DIA
Archivo de video
Multitudinaria manifestación feminista,
vestidas de negro.
IMPRESO Protesta masiva ni una menos
mayo 2021

VOCERA (OFF)

*Penas de cadena perpetua
incomunicados sin indultos
para los femicidas*

22 INT CÁRCEL - DIA
En una celda de fierro un HOMBRE sentado
en el suelo solo

23 EXT PLAZA BAQUEDANO, ALAMEDA - DIA
archivo de Video
Multitudinaria manifestación feminista,
vestidas de negro.
IMPRESO marcha ni una menos Mayo 2030

VOCERA (OFF)

Penas de electroshock para femicidas próxima pena será castración

24 INSERT AFICHES DE CASTRACION
25 PANTALLA DIVIDIDA/ ANIMACIÓN GRÁFICA
En la parte superior de la pantalla, un Mapamundi, en el centro 1 hoja calendario 2040.en la parte inferior logo ni una menos

26 INT COMUNIDAD ECOLOGICA, GALPON – DIA MAYO 2040
Aurora mas 6 adultos y 19 niños sentados a la mesa de comedor
Gabriel entra con una gran torta ni una menos y vela con un cero

GABRIEL

En el mundo por fin ni una menos

APLAUSOS (OFF)
Gabriel abraza a Aurora,

FIN